내 복(福),
너 다 주마

글쓴이 최순이
엮은이 배진회

내 복(福), 너 다 주마

발행일	2019년 4월 15일

지은이	최순이		
엮은이	배진회		
펴낸이	손형국		
펴낸곳	(주)북랩		
편집인	선일영	편집	오경진, 강대건, 최승헌, 최예은, 김경무
디자인	이현수, 김민하, 한수희, 김윤주, 허지혜	제작	박기성, 황동현, 구성우, 장홍석
마케팅	김회란, 박진관, 조하라		
출판등록	2004. 12. 1(제2012-000051호)		
주소	서울시 금천구 가산디지털 1로 168, 우림라이온스밸리 B동 B113, 114호		
홈페이지	www.book.co.kr		
전화번호	(02)2026-5777	팩스	(02)2026-5747

ISBN	979-11-6299-646-1 03810 (종이책)	979-11-6299-647-8 05810 (전자책)

이 도서의 국립중앙도서관 출판예정도서목록(CIP)은 서지정보유통지원시스템 홈페이지(http://seoji.nl.go.kr)와
국가자료공동목록시스템(http://www.nl.go.kr/kolisnet)에서 이용하실 수 있습니다.
(CIP제어번호: CIP2019013513)

(주)북랩 성공출판의 파트너

북랩 홈페이지와 패밀리 사이트에서 다양한 출판 솔루션을 만나 보세요!

홈페이지 book.co.kr • **블로그** blog.naver.com/essaybook • **원고모집** book@book.co.kr

내 복福, 너 다 주마

글쓴이 · 최순이
엮은이 · 배진희

북랩 book Lab

Prologue

나는 8남매의 막내며느리라 어머님은

"막둥아, 막둥아"라고 부르셨다.

"내 복(福), 너 다 주마."

이 말은 살아생전 시어머니가 내게 준 재산이다.

옛날엔 전권을 넘겨주면 부모는 '힘이 없다'하시며 대신 그리 마음
을 내서서 사랑해 주셨다. 어쩌다 용돈이 조금 생겨도 그 많은 손주
들 천 원씩 주다 보면 모자라곤 하셨다.

아버님은 아프셨고, 어머님은 여러 가지로 가슴앓이하셨다. 그리도
크신 분이 돌아가실 즈음엔 살을 다 내려놓으셨다. 마지막이라 연락이

와 뵈러 갔을 땐, 어머니는 아기가 되어 계셨다. 어머니를 무릎에 안고 온 밤을 지새웠다. 다시 어머니를 뵈러 갔을 땐, 돌아가셨다. 돌아가신 어머니는 고우셨다. 어쩜 그렇게도 고우셨을까.

나는 이 세상에 나서 제일 존경하는 분이 시어머니다. 아낌없이 마음을 내게 주신 어머니, 우리 아이들의 할머니, 나의 어머니. 보고 싶습니다. 사랑합니다. 존경합니다. 어머니의 그 뜻 이어받아 아이들에게 저도 제 복 다 주겠습니다. 아가들아 나도 "내 복, 너 다 주마".

이 책을 어머니의 고귀하신 사랑을 담아 나의 보물들에게 주런다.

사랑합니다, 우리 가족. 주고도 또 주어도 부족한 내 복, 내 사랑!

차례

1장

하루,

또 하루

그렇게······

"내 살아온 이야기, 책으로도 다 못 엮을 거다."

하시던 어머니의 이야기는 아직 첫줄도 써 내려가지 못하였는데

……

벌써 나는 지금……

하루, 또 하루 그렇게.

1.

笑心便愛幸

자신이 자신을 바라볼 때

웃을 수 있는 삶이 되어라.

- 아빠

2.

어느 날 문득

강물이 흘러 흘러

다시 올라오지 않듯이

사람의 목숨 또한

한번 가면 돌아오지 않네.

3.

이별, 아니 사별

살면서 가장 힘든 일은 이별이다.

사랑이 승화하여 정이 되고 그 정이 이별이 되면 고통 중에 고통이다.

많이 흔들리고 나서야 어른이라 했나.

아직도 어른이 아님은 자신이 흔들리고 있음인가.

시간의 흐름 속에 깨달음의 연속이련만은 이 깨달음 또한 언제까지 이어

지려나.

아마도 자신의 목숨이 다하는 날까지일 테지.

누구나 만남이 있으면 헤어짐이 있는 것.

죽음의 이별이라는 사별이라는 것.

그것은

고통 중에 고통

고문 중에 고문이다.

4.

어느 봄날 산수유 꽃

너, 참으로 노랗구나

나, 참으로 노오란데

아빠가 갔을 때

밤은 어둡구나

마음도 캄캄한데

5.

부정이 밀려오면 더더욱 감사하자.

6.

어둠 속에서

아침을 깨운다.

7.

때론 접을 줄 아는 현명함이 필요하다.

8.

나는 날마다 새롭게 시작하고

잠들 땐 그리움에 잠이 듭니다.

9.

주어진 나의 인생길 그 길을 아름다운 길로 바꾸자.

10.

내 삶의 끝자락에 웃는 그날 함께해요.

11.

행복의 여운은

자신이 만드는 것이다.

12.

30년 전, 15년 전, 10년 전, 5년 전, 그리고 지금······.

지금, 지금이 참 좋다.

참으로 좋다.

지금의 지혜와 현명한 판단들이

5년 후 그리고 10년 후 선사할 미래가 참 좋다.

'참으로 평화롭다'라고 하는 선물을 한아름 받고 싶다.

함께해 보니 더 귀하고 소중한 주변 분들

늘 건강과 웃음과 편안함과 사랑의 축복이 함께 하십시오.

고맙고도 또 감사합니다.

13.

부러움

말을 청산유수로 잘 하는 사람이 별로 좋아 보이지 않지만

하고자 하는 말을 조리 있게 힘 있게 할 수 있는 사람을 보면 부럽

다.

멋지게 차려입은 모양이 부럽지 않지만

모습에서 풍겨나는 강인함과 부드러움이 부럽다.

가진 돈이 많은 사람은 별로지만

마음으로 하는 행동들이 부자인 사람이 부럽다.

자기 자신에 대한 열망, 호기심, 에너지, 추진력, 싱싱함, 찬란함을 가진 오기 있는 사람이 부럽다.

영혼이 맑은 어린아이가 참으로 부럽다.

자신이 비운 삶에서 모든 것을 수용하고 넉넉할 수 있는 사람이 진정 부럽다.

만물이 생명을 불어 넣는 봄, 봄이 부럽다.

14.

아무것도 가지고 싶은 것도 없고

아무것도 바라는 것도 없고

아무것도 기다리는 것도 없고

아무것도 궁금한 것도 없고

어느 곳에 가고 싶지도 않고

만나고 싶은 사람도 없다.

나 자신에 있어

좋다.

제 멋에 겨워 살아 보자!

15.

일을 마치고 걸었다. 고3인 아들의 학교까지 걸었다. 봄의 바람결이 피부를 스치는 느낌이 참으로 나로 하여금 부드러움을 느끼게 하였다. 광주 ○○○백화점에서 ○○대학교, ○○고등학교까지 걸어갈 생이다.

어둠이 깔리고 차들의 불빛이며 상점의 전등이 밝혀지고 있다. 앞으로 우리 가족에게도 환한 불빛이 찾아오라고 희망을 가지고 있다.

얼마 전까지도 철길이었던 곳이 말끔히 정리되어 많은 사람들이 걷기 운동을 하고 있다. 가다 보면 쉼터도 있고, 옛 철길을 그대로 보존해 두기도 하고, 공연 무대도 있고, 방갈로도 짓고 있다. 시민에게 여유로움을 돌려준다는 것은 참으로 좋은 생각인 듯싶다.

걸었다. 2시간 가까이 걸었다. 저 멀리 보이는 빛을 따라가니, 어느

덧 학교에 도착하였다.

교실에서 불빛이 환히 비치고 있다. 교실엔 우리의 아들들이 있다.

선생님도 계시고, 간식과 필요한 것들을 가지고 오신 부모님들도 있다.

저기서 새어나오는 빛은 모두 모두에게 희망이다.

여러 모로 걷는 것이 좋다.

16.

감동을 안겨 주는 법

누군가 감동시키는 것은 어려운 일이 아니다.

대부분의 사람은 아주 작은 일에 감동을 받곤 한다.

그 사람에게 나쁜 일이 생기면 함께 걱정하고 가슴으로 위로해 줘라.

그 사람의 단점을 지적해 주는 것도 중요하지만,

그보다는 '멋져! 당신이 최고야'라고 자존심을 세워 주는 것이 더욱

중요하다.

선물은 비싸거나 클 필요는 없다.

직접 만든 것, 정성이 가득한 것이 좋다.

그 사람만을 위해 준비한 작은 도시락도

귀한 선물이 되기에 부족함이 없다.

그 사람을 나만큼 위하는 일도 감동을 준다.

그 사람이 아플 때 가까이에서 간호하고,

그 사람의 가족 생일이나 기념일을 챙겨 줘라.

그 사람의 풀린 단추를 다정하게 채워 주고,

그 사람이 틀린 말을 하더라도 면박을 하지 마라.

그 대신 가끔 지어내는 말이라도

'사랑한다'고 해라.

17.

오직 이 순간에 몰두해야 한다.

미래가 두려워 현재에 충실하지 못하면

미래는 정말 두려운 현실이 되고 만다.

현재에 최선을 다하여 미래를 계획하자.

계획은 미래와 현재를 잇는 징검다리와 같다.

과거에서 배우지 못하는 한

과거는 영원히 발목을 잡는다.

과거 때문에 가슴이 아프다면

바로 이 순간이 배움을 얻어야 할 시간이다.

18.

사주가 좋다고 하나

관상보다 못하는 것 알고

얼굴은 환하고 미소 있는

밝은 표정 관리가 생활화되도록 해라.

19.

웃는 얼굴이 밑천이고 건강이 재산이다.

지나간 것을 잊고(부정)

늘 새롭게 하고(긍정)

미래 지향적인 사고를 가져라.

부지런하고

용모는 멋도 포함하여 단정하게 하고

예쁘고 아름다운 말을 하도록 해라.

꿈은 아침마다 소리 내어 나에게 들리게 크게 말해라.

심사숙고 후에 옳다고 생각하면

실천에 옮겨라.

생각을 바꾸고

체면을 버리고

적극적인 실천을 해라.

20.

세상살이는 거울을 보는 일

산다는 것.

그것은 거울을 보는 일과 같다.

내가 거울 앞에 서서 넉넉한 웃음을 지어 보이면 거울 속의 나 역시 그만큼의 웃음을 보여 준다. 하지만 내가 화가 나 험악한 얼굴을 보이면 그 안에 있는 나 역시 잔뜩 골이 난 일그러진 얼굴로 바보같이 나를 쳐다본다. 내가 또한 잔뜩 풀이 죽어 있으면 거울 속의 나역시 어깨를 축 늘어뜨린다. 또 내가 검은색의 배경 아래 서 있으면 거울 속의 세상도 온통 검게 보이고, 내가 파란색 배경을 뒤에 두고 있으면 거울 속의 세상도 파랗게 보이기 십상이다.

어둡게 보는 사람에게는 어둡게 비치고

밝게 생각하는 사람에게는 밝게 보이는 것이 세상이다.

세상을 만드는 주인공은 '나', 바로 자신이다.

세상의 중심엔 내가 있음을 명심하자!

21.

살다 보면 감당하기 어려운 일에 맞닥뜨리기 마련이다.

이때 자신이 사물에 부여한 의미나 자신이 취하는 행동 원칙 등을 바꾸면 문제가 쉽게 풀리기도 한다. 이러한 유연함은 자신의 길을 열어 가는 원동력이 된다. 유연해지면 행복해질 수 있다.

밝게 생활하는 것도 중요하다. '명랑함'은 자신을 강인하게 할 뿐 아니라 삶을 더욱 재미있게 만들어 주고 그런 명랑함 덕에 주위 사람들도 행복해진다. 특히, 명랑함은 두려움이나 상처받았다는 느낌 분노, 좌절, 실망, 우울, 죄의식 등 쓸모없는 생각들이 근접하지 못하게 한다. 명랑해지려 마음먹는 순간 이미 즐거워진다.

'감사함', '열정', '유연함', '명랑함' 등은 감당하기 어려운 일에 맞닥뜨렸을 때, 강력한 에너지를 준다.

22.

젊은

꿈을 사랑합니다.

매일매일 자기 자신 또는 타인에게

감동을 받는, 또는 감동을 주는 조금의 시간을 내자.

구름은 바람 없이 못 흐리고

사람은 사랑 없이 못 살아가고

사랑이야말로 정직한 농사이네.

23.

어느 봄날에

나는 아프지는 않았지만 죽었고

그는 이 세상에 없지만 내 속에 살아 있네

그립고 그리움만으로 가득 찬······.

다시 살아 무언가 시작해야 한다는 것을

조금씩 아주 조금씩······ 느끼며······.

우선 아이들 앞에

부모의 길을

나의 길을

걸어 보고자 한다.

(보고 싶다. 보고 싶다…….)

(사무치도록 보고 싶다. 보고 싶다. 보고싶다…….

하지만 아. 프. 다.)

24.

베풂

항상 얼굴에 화색을 띠게 하는 것

말에 친절함을 담는 것

눈에 호의를 담고 바라보는 것

웃는 눈빛으로 대하는 것

약속을 지키는 것…… 등등

재물 없이 가능한 베풂

25.

바람이 길을 묻거든

그래

바람처럼 가자.

26.

입맞춤 하고 싶은 고운 날씨

파란 희망과

온갖 꽃들의 환한 웃음 속에

밝고 맑은 오늘이 됨에

고마움과 감사함을 모든 것 위에

모든 것이 아름다움이기를 기쁨이기를

소 망 한 다. (사랑해.)

생활을 이겨나가는 지혜를 가지고, 방법을 가지고, 긍정적으로 실

천해 나가도록 하자.

27.

그리운 날엔

그리움이

흘러내립니다.

그대가

보고픈 날은

시간의

틈 사이로

그리움이

흘러내립니다.

내 복(福), 너 다 주마

마음이 여린 나는

그대를

생각하며

울 때도

그대 그리움이

흘러 또 내립니다.

28.

연일 봄 기온을 웃돌더니 오늘 아침엔 오싹하리만큼 뚝 떨어졌다.

모든 음식 준비를 마치고 앉아 있노라니, 오늘은 모두들 가게 앞을

지나가 버리는구나. 하지만 잠시라도 내 마음에 양식을 줄 수 있는

시간을 가지자. 마음을 추스르고 책을 펼쳐 보았다. 신문도 펼쳤다.

때론

커피 한잔의 여유가 마음을 안정시켜 준다지만……

가만히 나를 들여다보니 늘 조급하고 불안하고 안절부절 못하

고……. 시간이 지나면 나아지려나 했건만……. 아직도 나는 안정을

못 찾고 있다.

그래도 해 봐야지 또 해 봐야지 노력해 봐야지.

나를 나를 나를 다스려 봐야지.

29.

勝 ⇒ 崔勝

위 이름은 내가 내 스스로에게 준 이름이다.

지칠 듯, 미칠 듯, 무너지는 자신을 어느 날 바라보며

이 세상을 이기는 사람이 되고자 작으나마 힘을 실어 주고 싶었다.

딸아이가 지어준 이름은 崔新相, 서로 새로운 것을 최고로 하는 우

리 엄마. 훗날 기억할까, 딸아?

30.

매번 식사를 하듯이

하고픈 일을 꾸준히 노력한다면

그것을 이루지 않을까?

31.

시작하는 마음으로

더불어 삶, 나눔의 삶을 통해 자신의 건강함을 유지하자.

내가 나를 다스릴 줄 알아야 하는 것이 기본이므로 이를 실천하고

명상을 잃지 말아야 함은 물론이다.

가끔은 나에게 편지를 쓰자.

희망적이고 즐거운 글을 받아 보자.

꿈은 자신을 젊게 만든다.

글로 쓴 꿈을 가지고 살다 보면

어느새 자신이 그 자리에 있게 될 것이다.

마음의 꿈을 펼쳐 보자.

…… 눈에 노화가 와 희미하여 글도 제대로 써지지 않는구나……

세월아?

32.

행복을 찾는 방법

어떤 일이든 위와 견주면 모자라고

아래와 견주면 남는 것이 세상의 이치이다.

행복이라는 것도 마찬가지이다.

내가 가진 것보다 많은 사람과 비교하면

내 것은 한없이 초라해 보이지만

내가 가진 것에 비해 적은 사람과 비교하면

내 것이 그나마 나아 보이게 마련이다.

행복의 비결은 달리 말하면

필요한 것을 얼마나 갖고 있는가가 아니라

불필요한 것에서 얼마나 자유로워져 있는가에 달려 있다고 할 수도

있다.

33.

I love you!

I love you!

놀라지 않는 사자처럼

걸리지 않는 바람처럼

때 묻지 않은 연꽃처럼

I love you!

34.

한겨울 눈이 날리면

봄의 나비를 맞이함이며

눈 쌓인 길에 발자국 소리는

개구리 뜀박질하는 소리라 하네.

······ 언젠가 봄은 온다고.

35.

살아온 지난날을 나는 사랑합니다.

후회라는 단어는 내겐 없습니다.

그대로의 나이기에 인정합니다.

그저 나다움으로 나의 길을 걸어왔을 뿐입니다.

지금은 잠시 멈추어 자신을 바라보고자 합니다.

나의 발걸음은 어떤 것인지

나의 손놀림은 어떻게 하고 있는지

나의 머릿속엔 어떤 생각이 있는지

나의 몸은 건강한지

지금 나는 나를 향해 멈추어 있습니다.

지금의 멈춤이 나의 생에 윤활유가 되리라 믿으며 마음을 다스리고

시야를 넓히고 건강한 걸음을 걷겠습니다.

36.

고요의 아침

어둠속의 빛

자신을 깨운다.

내게 준비된 선물을 받기까지

포기란 없다.

힘내라.

나야.

나답게 살자꾸나.

나야!

37.

삶은 제 스스로 사는 것이라고

.

.

.

.

.

.

.

.

'수'니야 잘 자, 뚝

38.

저 멀리 어딘가에서 미래가 양팔을 벌리고 기다리고 있다. 미래는 용기를 내어 구하기만 하면 어떤 것이라도 줄 준비가 되어 있다. 용감하고 끈기 있게 앞으로 나아가는 발걸음을 멈추지만 않는다면 미래는 무엇이든 줄 것이다. 미래는 손을 맞잡고 삶의 다음 페이지를 채우고 싶어 한다.

인내를 갖고 끝까지 포기하지 않는 자만이 찬란하게 떠오르는 해를 맞이할 수 있는 법이다. 강한 자는 끝까지 살아남는 자라 하지 않던가!

돌아와요, 천리 길 내게

향기 품고 내 가슴에

세상만사 모든 게 만세!

만만세로다.

39.

무엇을 꿈꾸는가?

겸손과 성실함이 성공의 비결. 꾸준한 인간관계.

물질의 고통, 육체적 고통보다 정신적인 고통이 힘들다고 한다.

맛과 품질

　　　　김밥, 비빔밥, 찌개, 돈가스, 우동, 갈비

　　　　　죽, 떡, 술, 전, 한과, 차, 커피……

우리 고유의 것을 밑바탕으로

세계로 뻗어 나갈 수 있는.

모든 것은 기본에 충실해야 한다고.

무엇을 꿈꾸는가.

나는 엄마이고 나는 나다.

나만의 색깔로 나다움으로 살자

지금 고요히 나를 바라본다.

폼 나게 나로 살자.

40.

주문: 과거는 후회 말고 미래는 걱정 마라.

주문: 내면의 자신을 바라보고 현재에 충실하라.

글을 쓴다는 것은 참으로 어려운 것 같다,

언제부터인가 누구처럼 간단하게 나만의 작은 책을 내 생에 내어 보

자는 생각을 하면서 막상 펜과 종이 앞에 앉고 보면 한 자의 글자도

쓸 수 없으니 답답하다. 요즘 책을 읽으면서 글쓴이들이 얼마나 대단하

게 느껴지는지 위대하다는 생각을 하게 된다. 작가들에 대하여.

나이가 조금 더 들어 이 세상 온 의미로 살아온 과정을 한번쯤 정리

해 써 보아야지 하는 생각을 하곤 한다.

그런데 지금? 이러다 생각뿐으로?

41.

말

말을 할 때에는 좋은 말을 하도록 하자.

좋은 말을 할 때 나 자신의 기분 또한 좋다.

나쁜 말을 상대에게 하게 되면 스스로의 기분 또한 나빠진다.

이왕이면 고마운 도움이 되게 한다.

상대방의 말을 들어 본 다음 말을 해도 늦지 않다.

말을 할 때에도 상대방에게 배려가 필요하다.

말을 할 때에도 행복했으면 한다.

말이 얼마나 소중하고 행복한 영향을 미치는지 생각해 보아야 한다.

내 앞에 무슨 일이 닥치면 내가 지난날 지은 대가구나 생각하자.

살면서 부딪치는 일을 받아 들여라.

나의 말이 곧 창조다.

말이 씨가 되고 열매가 된다.

말의 표현에 대해 깊이 생각하고 반복해서 연습하고 스스로 들여다

보아야 한다.

42.

메아리의 법칙처럼 지금 하는 나의 행위가 나의 앞날에 이어진다.

상속되고 과보로 돌아온다. 그러니 말의 습관을 길러야 한다. 좋은 말을 자연스럽게 하도록. 말이 인품이다. 말은 밖으로 다 드러나니 나를 세상에 보여 주는 행위다. 나부터 긍정적으로 말을 잘 다듬어 자신을 행복한 마음의 낙원으로 가꾸자.

43.

책이란

나의 친구.

참 좋은 나의 친구.

널

부둥켜안고 있으면

다 기억도 못하는 날 넌,

늘

나의 곁을 지켜 주니

고맙고 감사한지,

좋음으로

밝음으로

부드러움으로

포근함으로

날 다독여 주고,

널 덮어 버리면

아무것도 기억해 주지 않는 날 넌

늘 옆에 있어 주는구나.

덕분에 이 순간도 감사해.

그리고

또 있잖니, 고마워!

44.

친구야 알지.

겨울이 잉태하여

봄을 탄생시키고

어둠이 잉태하여

아침을 탄생시키고

친구야 알지.

오지 않는 너를 기다리며

너에게로 나는 가고

지금에야 오랜 세월 속에

너는 오고 있지.

친구야 알지.

내 마음이 자라는 것은

그대가 있음이라는 것을.

친구야 알지.

친구 또한 사랑이라는 것을.

청청한 하늘에

오늘도

반짝반짝 또 반짝반짝 친구여!

45.

가끔씩

유서를 쓴다.

되돌아보면 자신을 본보기로 삼을 만한 일들은 하나도 없다.

노화 현상으로 지금 쓰고 있는 글씨가 보이질 않는다. 돋보기안경
을 쓰고 보아야 하는데 지금 가지고 있지 않다.

지금 나는

지난날에 대하여 좋았든 좋지 않았든 다 소중하고 감사하다.

보잘것없던 것들도 포함하여

모든 것에.

당당히 말할 수 있는 건 알콩이 달콩이와 함께하여 행복했고 감사

하고 많이 사랑했노라고.

나의 몸은 쓰일 만한 곳에 기증해 주길 간절히 바란다.

몸과 마음의 마지막을 함께해 주는 모든 분들께 감사를 보냅니다.

나날이 즐겁고 건강하시고 행복하시길 마음 담아 축원합니다.

46.

마음이 원하는 그대로 이루어지이다.

무심코

방 안 벽에

그림을 그렸다.

무심코

방 안은

행복이라 말해 준다.

47.

지금 내게 다행인 것은

긍정적인 생각들이다.

지금 내게 다행인 것은

편안하다는 것이다.

지금 내게 다행인 것은

건강하다는 것이다.

지금 내게 다행인 것은

모든 게 감사하다는 것이다.

지금 내게 다행인 것은

모두가 축복이라는 것이다.

48.

무엇을 보고 있나.

무슨 소리를 듣나.

뭘 보고 있나.

무엇을 생각하나.

뭘 먹나.

어떤 말을 하나.

어떻게 일을 하는가.

(점검)

지금 현재와 나.

지금까지 한 일.

순간순간 자신이 '나'를

만들어 간다.

나야, "파이팅"!

49.

자신의 생활 습관

우리에게 주어진 시간은

누구에게나 똑같이 하루 24시간이다.

이 24시간을 어떻게 나누어 쓰는가에 따라

그 인생은 얼마든지 달라진다.

바쁘고 고단한 일상이지만 하루 30분, 아니 조금만이라도 조용히

앉아 자신의 삶을 되돌아보는 습관을 들인다면 하루하루의 삶에 탄

력이 생길 것이다.

몸은 길들이기 나름이다.

무슨 일이든 최선을 다하되

그 결과에 집착하지 마라.

우리는 언젠가 풀과 벌레처럼 죽는다.

간소하게 먹고 간편하게 입고 명상하며 잠들자.

이 세상에서 나 자신의 사랑하는 마음은 잃지 말자.

현재 지금이 소중하고 아름다움이고 축복이다.

지금 머무는 곳에

지금 하는 말이

지금 하는 나의 움직임이

지금 바라보는 것이

지금 먹는 것이

지금 행하여지는 지금의 모든 것이

최상의 '나'이고 행복이다.

'지금'이 축복의 보석이다.

50.

우주를 가슴에 품고 초연하자.

이것이 나를 승리자로 만든다.

51.

모든 것엔 웃음이 있다.

스마일.

선 3개로 표현되는 아름다움.

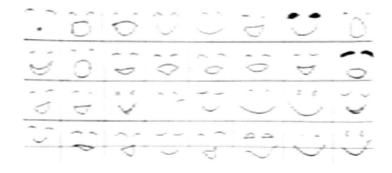

52.

세상만사 다 겪고

모진 풍파 다 만나고

불행하다고 한숨짓지 마.

한쪽 편만 들지 않아.

햇살과

바람도.

꿈이란

평등하게 꿀 수

있는 거야.

괴로움은

많았지만

살아 있어 좋았어.

너도

그리고 너도

너도 약해지지 마, 응?

53.

태양은

품은 나의 것이다.

주인이 없다.

주인이라면 우주 만물

그리고

신이 아닐까.

사랑을 품듯

희망을 품듯

밝음으로 긍정으로 내 가슴을 품고

너희들을 품고

품고 있는 내가 주인이니

나 또한

너 또한

우주 만물 중에 하나가 아니던가

가진 것이 없다고 하지 말자.

우리는 적어도

태양도 품었고 사랑도 품었고

희망도 품었지 아니하느냐.

그러니 이 또한 만세다.

54.

입춘을 앞두고 온종일 비님은 내리시고

비가 오네.

봄 마중 가네.

우산 받들고

봄 만나러 가네.

초록 꿈

분홍 꿈

가득 담으러

비가 오네.

봄 마중 가네.

봄 마중 중이네.

저 비님은

　　　…… 군고구마 먹으며 창 너머 빗소리 들으며

　　　음, 행복하다. 나는.

55.

나에게

낯빛의 거동은 씩씩하고

손의 거동은 공손하고

발의 거동은 무거우며

눈의 거동은 부드럽고

몸의 거동은 단정하고

56.

오랜만의 전화

머리를 쇠망치로 때렸다.

자식을 가슴에 품어야 하는 슬픔이

수화기 속에 흐른다.

또 멍한 나

간밤엔 온통 뒤척였다.

무척 아팠다.

그대여

지금 내가

내가 할 수 있는 것은

묵고의 기도뿐

말문은 이미 닫혀 버렸다.

그대여

고요히 시간은 흐르고

흐르는 그 눈물은 강이 되고 바다가 될지니

나는 머리가 깨지도록 아팠다.

친구의 49재 소식을 전해 들으며

57.

쌀뜨물 싱싱하게

미역국을 끓였다.

만남이 기쁘면

헤어짐은 슬픈 것 그리고 아픈 것

더더욱

떠나감은 아프고도 또 아프고도 모자란 것

그래도

미역국을 맛있게

먹는다. 지금.

참

잔인하다. 웃긴다. 허허.

노오란

산수유가 만발하다.

58.

무심코 그린 그림

찻잔 한잔에

꽃이 피었다.

잎도 피었다.

줄기도 뻗어 간다.

벽에 그린

찻잔 한잔에

기쁨이 가득하고

사랑이 가득하고

행복이 가득하다.

벽에 그린

나의 소망이다.

내 복(福), 너 다 주마

59.

운세

횡재수로 변한다.

박수 받는다.

행운이 들어온다.

새로운 것을 얻는다.

모두 길일이다.

신수가 좋아진다.

길운이 찾아든다.

60.

윤기가 있다, 나의 마음에도.

내 속의 아우성에 귀를 기울이고

가슴이 터질 듯한 불협화음에도

짜릿하고 담담하고

나의 마음에도 윤기가 있다.

61.

봄바람

바람이 분다.

봄바람이 분다.

잎도 피고 꽃도 피어나고

바람이 분다.

봄바람이 불고 있다.

모진 겨울바람 이겨내고

그렇게

어여쁜 꽃바람이 분다.

희고, 노오란, 빨간, 파아란,

갖가지 색깔로 바람이 분다.

봄바람 봄바람 봄바람

62.

두통이란 이 녀석이 내게로 오는 날이면 온종일 정신적, 육체적으

로 힘겹다. 그래도 나랑 너랑은 친구다.

63.

오후에

너저분한 식탁 위에

겨울옷들을 치우고 나니

괜스레 창밖을 내다보며

푸근한 의자에 앉아

깊은 담배를 한 모금 했으면 하는 생각이 들었다.

그렇다고

담배를 피우는 것은 아니다.

왠지 그렇다는 거지, 지금 오후에.

64.

순한 아이

옛날 옛날에는

착한 어린이

그 시절에는

"이쁘~냐" 하고 부르며

배시시 미소 짓고······.

그렇게 시간을 지나 앉아 있네요.

그리고 훌쩍—

여기 또 여기

이 자리의 '나'

고마워요.

감사합니다.

덕분입니다.

65.

오늘 밤

지금

지금의 나를 보다.

그래, 그렇지.

그런 거야. 이런 거야.

그러면 된 거지.

66.

세상에 살면서 잘한 일보다 잘못한 일들이 더 많을까, 나는?

목소리를 낮추고 다정다감하게 말해라, 나야.

응응.

지금까지 나는 잘 살지 못했다.

그냥 살아왔다.

앞으로도 그저 그렇게 그냥 살아지겠지, 지금처럼.

아이들과 이렇게

평화롭기를, 건강하기를 그리고 축복되고 행복하기를.

67.

눈을 살며시 뜬다.

아, 아침이구나!

베란다 창 너머로

또 다른 회색빛 아파트 건물 사이로

햇살이 쏟아져 내린다.

늦은 오전, 유월의 아침은 마음속 강렬함으로 자신을 깨운다.

밤사이 힘든 근무를 마친 딸아이는 안방에서 지쳐 잠을 자려 하지만

만성 피로에 뒤척이고 있다.

어제 늦도록 그리고 새벽까지 아르바이트 설문지를 작성하고 돌아온 아들은 창문을 활짝 열어 놓은 채, 노동의 피로를 단잠으로 씻어내고 있구나.

에어컨 실외기 자리에 심어 둔 방울토마토는 빠알간 속살로 우리 가족에 작은 행복을 더해 주고 있다.

모든 것들에 그저 감사하고, 고맙고.

지금 앉아 있는 이 흔들의자는 포근하고 평온하고 안락하다.

지난날의 그 어떤 풍파도 이젠 잔잔하다.

시간이 주는 또는 그 어떤 문제점도 해결되는,

잘 살았노라 할 수는 없지만

그렇게 그리고 이렇게 여기 있노라고.

68.

입안 가득 사르르 달콤함과 시원함, 청량함으로 더위를 식혀 준다.

특히 빨간 속살과 까만 씨의 조화. 하여 수박은 여름 과일의 대표다.

  수박 한 조각을 식탁 위에 잘라 놓으면 우리 가족은 오고 가며 포

크로 찍어 먹는다. 여름이면 이 수박이 우리 가족에게 행복을 준다.

이렇게 우리 가족에게 즐거움과 미소를 주는 수박이 세계 그 어느

나라 과일 중 으뜸인가 보다.

  어릴 적, 마을 우물 속에 담가 두고 언제 먹나 기다리기란 왜 그리

길던가. 거두절미하고라도 수박은 우리 가족의 기쁨조 중 하나다.

69.

비님이 오셨다. 그것도 억수로 퍼부었다. 나무들도 휘청거렸다. 걸어 보려고 외출을 하였는데 온몸이 흠뻑 젖어 버렸다. 그토록 덥더니, 마른장마가 이어지고 있다 하더니, 순식간에 도로는 강물이 흐르듯 지나가고 있다.

그냥, 그 비를 맞으며 걸었다. 성북천 왜가리도 홀로 거센 비를 맞고 있다. 새는 무슨 맘으로 그렇게 서 있는 걸까. 성신여대 앞 로데오 거리 상점들도 팔려고 내어 놓은 옷들이 처마 끝에서 젖고 있고, 판매원들은 자기네끼리 수다 중이다. 손님이 들어가도 그리 좋은 맞이를 하지 않는다. 왜일까, 그들도 브렉시트라는 요즘 대세 단어의 영향 때문일까.

미아리 고개를 지나, 길음 시장. 한산하다. 시장이 활발하게 돌아가지 않는 시야의 느낌이다. 오랜만에 몸은 흠뻑 젖었지만 마음은 젖지 않았다.

이처럼, 삶에도 감당하기 힘들 정도로 모든 게 잠겨 버릴 때가 있었다. 오랜 시간 동안 그 물속에 잠겨 있다 이제야 조금 얼굴을 내어 밀고 날숨을 들이쉬고 있다. 시간의 흐름 속에 살아지고 또 살아가고 있다. 온종일 밤새도록 내린 비가 어떤 이에게 슬픔이 되지 않았으면 좋겠다.

70.

언제부턴가 여름이 오면 능소화가 시야에 가득 들어온다. '영광'과 '명예'라는 꽃말에 걸맞게 환한 그 자체는 마음의 밝은 빛으로 다가오곤 했다.

칠월의 여름 어김없이 능소화는 내게로 왔고, 그 행복감을 지금 나는 누리고 있다. 기온상 덥기는 하지만 능소화를 바라보노라면 그냥 그저 평온하다. 아니 어쩌면 지금 이 순간의 능소화는 그 어느 때보다 나의 행복 그 자체다.

옛 전설로는 슬픈 사연의 능소화지만, 그 이야기에만. 과거에 얽매임을 싫어하는 나는 현재의 능소화 그 모습 그대로를 참으로 좋아한다.

71.

마른장마라 하더니 아침에 잠시 비님이 오셨다.

KBS 〈아침마당〉 안방마님이라 불리던 이금희 아나운서가 18년 15

일이란 시간을 함께하다 부모와 자식의 심정이란 이야기와 더불어

깊은 정중한 인사로 마무리를 했다.

우리의 자식이 부모를 바라보는 마음, 부모가 자녀를 바라보는 마

음. 그리고 언젠가는 아이들이 부모 품을 떠나고 부모는 자식의 모든

것에 축복과 행복을 바라며 안녕이라는 인사를 할 테지.

지금의 우리 아이들이 자라 성인이 되었고, 30여 년 후, 세월의 흐

름 속에 그들과 함께하는 시간은 앞으로 얼마나 남을지 모르나, 늘

사랑해요. 덕분에 행복해요.

72.

폭염 연일 푹푹 삶는다.

온몸엔 땀띠로 근질근질.

찬물로 끼얹고

선풍기 돌리고

밤새도록.

73.

마당에 고추가 널렸다.

빨간 고추—

가을이 오고 여름이 가는 길목

코스모스도 해바라기도 화알짝 웃고

그 무덥던 한여름의 뜨거운 열기도

이젠 일 년을 기다려야 만날 수 있겠지.

창가의 매미도 가 버렸네.

74.

말로만 들어온 갱년기 과정

(내 나이 52를 꽉 채우고 2014년 시작부터)

초등학교 4학년 할머니 생신날부터 시작되었던 달거리(생리)가 끝이 나고 서서히 뼈가 아리고 하체가 빠져나갈 듯이 두통, 편두통이 심해지고 치아가 약해져 임플란트로 일부 바꾸고 심리 조절이 안 되고……. 이런 과정 속에 아이들은 걱정하고 건강 검진도 하고.

그동안은 잘 견디며 지내 왔다. 그런데 올 여름 그 무더운 여름을 지나면서 다시 시작된 온몸의 트러블. 병원의 주사와 약 복용, 소용이 없다.

내장 기능들이 약해지고

체온 조절이 잘 안 되고

훅훅 뿜어져 나오는 열.

감당이 안 된다.

몸도 마음도 더 약해져 버렸다.

나야, 잘 견뎌 내자.

잘 이겨 아이들 가정을 이루게 해 주어야지.

잘될 거야. 할 수 있어. 파이팅!

75.

아이들을 키우고 삶을 영위하는 데 있어서

스스로 해결하기 위해 정신적, 육체적으로 정직이란, 성실이란 바탕

으로 걸어왔다.

누가 어떻게 생각하든 알 바 아니다.

삶을 위한, 아니 책임과 의무를 향한 경제활동에서 일이라는 것을

내려놓고

그동안 생각한 엄마라는 주부가 되어 집 안으로 들어왔다.

아이들이 각자의 가정을 이루면 나는 나의 삶을 자식들에게 의지

하지 않고 살 예정이다.

무게라는 짐을 주지 않으려고 한다.

우리 아이들이 현재까지 잘 자라 주었고 앞으로도 각자 자신의 길을 아주 잘 나아갈 것이란 것을 나는 안다.

나는 그들이 가는 길을 늘 바라보며 행복의 길을 걸어갈 것이다.

나의 소중하고도 귀한 사랑하는 아기들

늘 건강하고 걸음걸음 기쁨과 즐거움과 행운과 축복이 가득하여라.

76.

우리 가족은 2007년 2~3월 아이들이 먼저 서울로 가고 집을 정리했다. 나도 다니던 ○○○ 백화점에서 퇴직을 하고 서울 동대문구 제기동 ○○ 아파트에 반전세로 집을 마련했다.

딸은 ○○대 병원 간호사로 발령 대기 중이었고, 아들은 ○○대 체육교육학과에 입학했다. ○○대 정문 앞 골목 안쪽에서 아주 조그만 밥집을 4월에 시작하면서 우리 가족의 서울살이는 시작되었다.

그때 나는 생각해 보면 제정신이 아니었다. 그저 가족들과 살아남아야 한다는 오직 하나, 절박함뿐이었다. 우리 아이들을 스스로 잘 키우고 보호해야 한다는 마음뿐…….

그렇게 세월이 흐른 지금 2016년 9월.

나는 이렇게 평온히 집에 앉아 있다.

아이들이 잘 성장해 주어

딸은 간호사로 아들은 대학원에서

우리에게 효를 다하고 있다.

얼마나 고맙고도 감사한지.

우리 가족은 행복하게 살고 있다.

서울 생활 10여 년 건강하게 잘 살아왔다.

힘듦도 축복이 되었다 생각한다.

우리는 늘 함께였고 함께다.

앞으로도 행복하자.

아주아주 많이 행복하자.

77.

아장아장 걸어가자.

매일이

오늘로 처음처럼

오늘로 내게 애정을 가지고 내가 하고픈 것을 하자.

어느 한 부분 한 부분은 감수해야 할 것도 있지.

78.

축복, 행복, 행운

가득가득 담기.

구름이 걷히고 밝고 맑은 햇살이 집 안 꽉 차게 들어온다.

음, 좋다.

79.

달빛 도서관.

요즘 나의 벗 하나가 달빛 도서관이다

그냥 오기만 하면 나를 안아 주고

혹이 되기도 백이 되기도 한다.

적어도 이 벗은 나를 내치지 않는다.

어떤 모양으로든 나의 마음에 스며든다.

비가 와도 바람이 불어도 눈이 와도

그냥 무표정으로 가슴속으로 들어오게 한다.

궁금증도 위안도 마음의 문제 해결도

무심한 듯이 풀어 준다.

달빛 마루

그냥 나는 네가 좋다.

너도 이런 나를 좋아하는 듯하다.

80.

나는 요즘 부자다.

그것도 시간 부자.

마음의 조급함에

느림을 생각의 무심함에

조금씩 조금씩 발걸음을 옮기고 있는 중이다.

지금의 나는

내면의 나는

분명 발전되어 감을 알 수 있다.

초긍정적인 생각을 하려 노력한다.

평안한 엄마.

걱정 주지 않는 엄마.

마음이 멋있는 할머니.

친구가 되어 주는 할머니.

지금의 고요가 참으로 좋다.

이 느낌을 좀 더 가질 선물을 자신에게 주고 싶다.

다시금 무언가 일을 할 생각 중이다.

60이 되면 홀로 다른 나라 하나하나 여행하기.

손녀랑 손자랑 할머니랑 책 만들기.

이루어져라. 그대 꿈꾸는 모든 것들.

81.

어제의 하루도

오늘의 하루도 그리고 또

내일의 하루.

모두가 기쁨이었고 기쁘고 또 기쁜 하루다.

우리들의 아가들 덕분에.

지나온 삶의 시간들 그 모든 게 나의 것.

오늘 또한 나의 시간.

맞이할 내일 또한 어떤 기쁨의 선물인지 기대된다.

이 모든 것들은 우리의 것이다, 온전히!

82.

살아온 날들도

살아갈 삶들도 기적이라 적는다.

기적이란

'있는 그대로의 체험', '좋음', '건강', '사랑', '평안',

'청춘', '꽃길', '웃음', '행복', '축복', '∞'

麗麗 - 遊遊 평온이라 기록한다.

83.

인생에서 모든 것을

긍정적으로 받아들이면

또 다른 기쁨을 맛볼 수 있다.

84.

나의 부적

.

!

이날 나는 다시 살아났다.

85.

빌딩 숲 아파트 마당에도

곱고 예쁜 단풍이 들었습니다.

지금의 나의 마음 같습니다.

지금의 나의 가정 같습니다.

지금, 지금이 참 좋습니다.

86.

아침을 연다

아침을 연다!

찬란한 붉은 태양의 새날을

지나간 시간도

맞이할 삶들도 기적이라고

아침을 연다.

찬란한 붉은 햇살의 새날을

지나간 날들도

주어지는 시간도 축복이라고

‘불타는 석양을 향해’

찬란한 길을 비추나니

기적도 함께

축복도 함께

새날의 아침을 활짝 연다!

87.

나선 산책 길

오고 있는 봄 편지

종달새 노래하고

부푼 꽃망울

춤추는 나비야

지난겨울은 안녕

마중하는 봄도 안녕

우리 함께 안녕이라고

더 높은 태양도

푸르른 하늘도

우리들의 고운 마음도

산책길에

전해지는 봄 편지!

88.

길(이정표)

어디로, 어디까지 가는지(인생길)

알 수는 없지만.

여기 이렇게 서 있습니다.

볼 수 없는 삶의 길,

이정표(길)를 만듭니다.

⇒ 건강의길. ↑ 행복의길. ☞ 축복의 길. 【춘미의 길】. 긍정의

길……↗

　　　　　　　　단풍 따라 날아서…… 꽃길! ***

89.

너에게

여백의 편지를 보냅니다.

(네)(내) 마음이 보이거든 읽어 보십시오.

늘

평화로우시라 맺음을 합니다.

2장

만세,

만만세!

우리 가족!

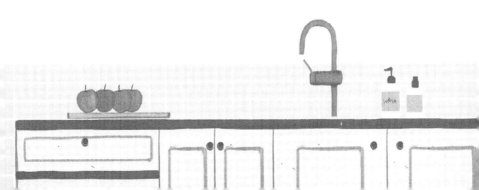

만일 훗날, 콩콩이가 나에 대해 책을 낸다면『만세! 만만세! 울 엄마』라고 하라고 하고 싶다.

뒤돌아보면 이야깃거리도, 추억도, 잘한 구석도 없다. 말하듯이 나는 유우부단하다. 이래도 좋고, 저래도 좋고, 이러할 수도, 저러할 수도 있다. 누군가 어떤 견해를 물으면 "이래도 맞고 저래도 맞다"는 식이다. 참으로 결단력이 없다. 결정장애가 아닌가도 싶다.

그래도

나야, 잘했어!

나야, 대단해!

그러니 '나야, 만세! 만만세!' 하면서 자신을 감싸고 위로하며 살자.

까꿍

1.

장독대

고른 햇살 받으며

맑은 공기 마시며

고운 님 품고 품어

쓰다듬고 보다듬고

금자동아 은자동아

이름 짓고 불러 주고

사랑 담고 튼튼 담아

평안 담고 건강 담아

어화둥둥 장독대야

어화둥둥 사랑이야

2.

웃음보다도 슬픈 일이 힘든 일이

많은 세상이라지만

나의 사랑하는 아이들아

주어진 가져진 하루는

항상 해맑은

웃음으로 빛나길 바란다.

3.

사랑하는 우리 아들 딸

나뭇잎들은 곱게 단풍이 들고

계절은 바람결에 가을을 떠나보내고

겨울을 맞이하는구료.

우리의 좋은 것만 모두 담아

우리의 기쁜 것만 모두 담아

우리의 즐거운 웃음만 모두 모두 담아

사랑하는 아들 딸에게 전부 주고 싶다오.

지나간 시간 동안

너무도 의젓하게 늠름하게 잘 자라 주고

우리의 기쁨이 되어 주어

너무도 고맙구료.

앞으로의 시간들 속에

희망의 파아란 싹을 잘 키워

어여쁜 꽃도 피우고

탐스럽고 예쁘고 맛있고 향기 있고 속이 아주 꽉 찬 열매가

되어주시겠구료.

늘 마음 가득히 사랑하는 우리의 아들 딸 파이팅!

힘힘힘

저물어 가는 가을 저녁에

4.

주어진 시간들 속에 나이 30이 되기 전에

많은 경험을 너희의 것으로 만들어야 해.

시간을 투자하여 경험을 사란 말이지.

제일 큰 도둑은 시간 도둑이라지.

5.

오늘만은 행복하게 지내거라. 사람은 자신이 결심한 만큼 행복해질 수 있단다.

오늘만은 주어진 시간과 상황에 순응하거라. 욕망에 사로잡히지 말고 운이 있는 그대로 받아들여라.

오늘만은 무엇보다 내 몸을 아끼거라. 운동을 하고 영양을 골고루 섭취하고 내 몸을 혹사하거나 함부로 하지 마라.

오늘만은 뭐라도 유익한 것을 한 가지 배워 보거라. 정상적인 게으름뱅이가 되지 않도록 사고와 집중이 필요한 책을 읽는 것도 좋다.

6.

너희 손에 쥐어줄 수 있는 건 낚싯대밖에 없구나.

어떤 낚싯줄에 어떤 미끼를 던지든지

어디에서 무슨 희망을 낚든 그것은 너희의 몫이다.

부디…….

바라고 간절히 소망하고 기도할 뿐.

성실과 인내와 부지런함과 건강함을 더하여

웃음꽃 송이송이들이 광주리에 가득 담아지길 바란다.

7.

멋진 오늘

봄이다, 여름이다, 가을이다, 겨울이다.

멋지고 아름다운 계절의 변화를

때론 온몸으로 느낄 수 있는

휴식을 가져 보렴.

새싹이 파아란 희망과

꽃의 우아함과 그윽한 향기와

신록의 우거짐과 더위 속의 시원함과

풍요로움과 자신의 익어 감을

하이얀 마음 위에 나를 돌아보며

세상을 바라보며

두루두루 살펴보며

이 순간들이 고운 추억이고

아름다운 그리움으로

남겨지길.

노오란 미소와

연분홍 가슴을 맘껏 마셔 보고 품어 보렴.

8.

봄날 아침 딸과 함께 개운산에 다녀와서

봄 풍경은 순식간인가 봅니다.

바람이 한번 휘감을 때마다

마치 마술처럼 빛깔이 바뀌고 있습니다.

산수유 노오란 눈웃음에

진달래 발갛게 붉히는가 싶더니

봉곳 솟은 목련꽃 젖멍울에

개나리 자지러지나 싶더니

어느 사이 벚꽃이 흐드러졌습니다.

봄비가 살짝 스치는가 하더니

나무마다 살금살금 연둣빛이 물드네요.

저기 저 고운 꽃들을 미처 눈에 다 담지도 못했는데

계절은 성큼 앞서갑니다.

벚꽃의 하이얀 군무를 추억에 담으려나?

오늘 아침, 그 군무 속에 '나'를 담아 봅니다.

아 봄의 사랑아!

상큼함이여.

그 황홀함이여.

사랑하는 딸과 함께, 아들에게도 이 마음을 보낸다.

9.

관심

늘 지켜보며 무언가를 해 주고 싶었다.

네가 울면 같이 울고

네가 웃으면 같이 웃고 싶었다.

깊게 보는 마음으로

넓게 보는 눈으로

널 바라보고 있다.

바라보고만 있어도 행복하기에

모든 것을 포기하더라도

다 다 해 주고 싶었다.

10.

나에게 있어

아이들은 희망이요, 에너지요, 믿음이요, 기쁨이요, 보람이요, 즐거

이요, 청춘이요, 웃음이요, 행복이요, 축복이요, 싱그러움이요, 신뢰

요, 활기참이요. 사랑, 사랑, 사랑.

사랑사랑사랑사랑사랑사랑사랑…….

11.

오늘도 어김없이 아침을 맞이하고 새날이 밝아 오듯이

반드시 나의 아이들 앞에 밝은 날들이 펼쳐지리라는 희망을 갖고

있다.

부정을 버리고 좋은 이미지의 긍정을 가슴에 안고

점차적으로 한걸음 한걸음씩 "그냥 된다".

너희의 바람이 이루어진다. 된다. 된 다. 된   다!

12.

사랑하는 이여 너희로 인해 행복했노라고

너희가 나의 가장 소중한 선물이 되어 주어 고맙다고. 나 살다 마지막 이생을 떠나갈 때, 그 시간 함께하는 이 있거든 화려하고 즐거우면 좋겠다. 울지 마라. 슬퍼 마라. 나 너희와 늘 함께하거늘. 이 세상도 저 세상도 다 아름다운 것이니 지금 이 순간 하고픈 일 있거든 행복한 맘으로 하면 좋겠다. 그것도 이것도 내 뜻이고 네 뜻이니 사랑하는 보물들이여!

건강하게 잘 자라 줘서 고맙고, 나와 함께해 줘서 고맙고, 너희 의좋게 살아 줘서 고맙고, 이쁜 마음, 착한 마음 가져 줘서 고맙고, 모든 게 고맙고 자랑스러워. 얼마나 귀하고 예쁜지.

공부란 자신의 행복을 위한 것이니 자신이 자신을 가두지 말아야

해. 어느 정도의 스트레스는 있다고 하더라도 스스로를 품어 자신을

즐겁게 기쁘게 긍정적으로 바꾸어야 한다.

동생은 누나의 최고이고

누나는 동생의 최고이고

서로에게 최고이니

소중하게 여기고 귀하게 아껴라.

자신으로부터 자유롭고

자신을 사랑하여라.

사람은 어떠한 상황이든 살아가게 되어 있다.

언제나 어디서나 어느 때나

자신을 명쾌하게 일으켜 세워라!

13.

내가 제일 두려운 것은……

……………………………………

…… 어느 날 내가 훌쩍 떠나갈 때

아이들 맘속에 받아들여야 하는 그것이다……

시간이 지나면 잘 견디어 낼 터이지만 오래가지는 말아라.

우리 사랑 알콩아, 달콩아.

14.

사랑하는 아들 보시게

우리 아들로 잘 자라 준 자네를 유난히도 날씨 추운 날, 대한민국의 아들로 보내게 되었다네. 이제는 대한의 역군으로 잘 자라, 씩씩하고 용감하고 앞으로 우주를 품을 아들로 자네를 보니 자랑스럽고 대견하기만 하다네. 푸른 제복이라는 국방의 의무를 다하면서 몸도 마음도 더 키워 세계를 품는 미래의 대한 역군이 되리라 이 어미는 믿는다네.

오늘 아침, 밝고 맑은 고운 햇살 속에서 아들의 얼굴을 보았네. 평소에 접해 보지 못했던 생활의 각도 속에서 무한한 자유와 전우애와 창조적인 자유가 있다는 것도 아시고, 부정보다 긍정의 마음에서 내일의 더 나은 자신을 발견해 봄도 좋을 듯싶다네. 아들의 바람대로 모든 것을 하기로 하고 실천에 옮기고 있으니 조금도 걱정 마시고 몸 건강히 국방의 의무에 충실을 기하길 바랄 뿐이라네.

자네는 마음도 넓고 지혜롭고 현명한 사람이니 어디에 있든 모든 일을 잘할 것이라 생각해. 동고동락을 같이 할 전우들과 더욱더 사랑하는 마음으로 서로가 솔선수범하고, 서로 격려하고, 이다음 사회생활에서도 함께할 수 있는 좋은 동반자들이 되었으면 싶다네. 멋진 아들로 거듭나는 자네는 든든한 이 나라의 훌륭한 기둥이란 걸 명심하시게.

　이 어미는 언제나 어디서나 너희들이 기댈 수 있는 가슴을 안고 있으니 때로 힘이 들 땐 어릴 적처럼 어린 양을 해 보시게. 늘 엄마의 자리에 굳건히 버티고 있을 터이니.

　나안의 나를 보시고 서로가 멘토가 되어 때론 대화하고 반성하고 오늘보다 나은 내일의 '나'가 되는 나의 행복을 찾는, 나 자신을 업그레이드시키고 발전된 자신이 될 수 있는 아드님이 되는 훈련을 그 훈련 속에서도 해 보시게나.

　사랑하는 아들의 의복이 도착되어 받아 보고 아들의 늠름한 사진도 보았다네. 누나랑 외삼촌이 자네 발 상처 때문에 걱정하시더군.
아픔은 참지 말고 선임들께 약을 달라고 해서 먹고 바르고 상처는 소
독하고 밴드를 붙이도록 하시게나. ○○ 사단에서 훈련을 마치고 수
도방위사령부 전속이라고 하니 수방사에서나 자네를 볼 수 있을 듯싶
으이. 날씨가 몹시도 추우니 동료들에게도 따뜻한 물이라도 서로 나
누고 마음과 마음을 나누면서 즐거운 훈련에 임하길 바라네.

자네를 다시 만날 땐 더 커다란 아들을 볼 수 있을 것 같아 기쁜
맘이라네. 모든 게 건강이 우선이니 건강관리 잘하시게.

너무도 많이 사랑하는 아들

달콩이에게 엄마가 씀

15.

21일부터 가족이 함께하는 시간들

나의 온몸으로 딸과 아들을 감싸 안았다.

27일 아들 면회를 다녀오고

딸을 부둥켜안으며

심장이 터지는 듯한 고통으로 온밤을 보내며

다시금 부모의 마음을 읽었다.

내 사랑하는 딸

내 사랑하는 아들

그리고 내 사랑하는 당신.

16.

29일 아들의 레바논 도착 문자를 받았다.

간절한 기도와 뜨거운 눈물이 흘러내렸다.

내 못다 한 불효

내 못다 한 자식에 대한 사랑

이 빚을 나는 언제나 갚을까?

17.

너희를 만나 사는 것이 얼마나 커다란 기쁨이고 즐거움이고 축복인지. 너희는 나의 사랑이야.

삶에 변화되는 것에 기뻐하면 좋겠고, 부정보다 긍정의 시각으로 세상을 바라보고 우울한 생활을 하는 어리석고 바보 같은 삶이 되지 말아야 하며, 날마다 놀랄 만큼 쾌활하고 꿋꿋하게 어려움을 극복하고, 굴복하지 말며, 인내심을 가지고 당당하길 바라. 혹여 마음속에서 일어나는 불안들은 솔직하게 아무런 꾸밈없이 떨쳐버리고, 확실하고 분명한 믿음의 정상을 향하여 조금씩 조금씩 발전해 나갔으면 해. 실수를 방관하여 후회하지 말고, 어떤 어려움이 닥칠 때에도 비굴함보다 현명하게 극복해 나가는 지혜를 가졌음 해. 삶이 변화되는 기쁨을 즐겁게 누리면 좋겠다. 좋은 추억이 되고, 그리움이 되고, 지나고 나면 모든 게 빠르게 지나가는 한순간이라 시간 시간이 선물이고 애착이구나.

너희는 내 마음에 소중한 사랑으로 가득 차 있어 나의 모든 행복인 것을. 오늘 밤 유난히도 비바람이 몰아치네. 아름다운 봄의, 꽃의 세상에 손을 흔드네. 푸르른 오 월의 신록을 맞이하려는 자연의 섭리인가 싶구나. 계절의 변화 속에 자신의 심신을 굳건히 하고 아름답게 곱게 마음을 간직하길 어미는 바란다.

젊음! 청춘! 얼마나 귀하고 멋지고 씩씩할 때냐. 너희의 귀중한 시간들이 보배로운 창고로 가득 채워져 하나씩 꺼내 볼 때, 입가에 미소가 머물길 간절히 소망한다.

18.

실크로드

그 길 위에

내 아들이 걷고 있다.

이 세상은 엄마의 품처럼 따스하게 품어라.

2013년 3월 20일~9월 1일

19.

미리 쓴 편지 (우리 딸)

고마워 알콩아!

우리의 딸이어서

이 좋은 날

곱고 예쁜 네 모습 바라보니

이 또한

기쁨이고 즐거움이네.

늘

사랑하는 우리 딸

너희 부부

건강하고 달콤하게 즐겁기를

축복하고

행복한 나날들 되렴.

우리는

오늘도 내일도

만세! 만만세다.

20.

미리 쓴 편지 (우리 아들)

멋지고

용감하고

지혜로운 우리 아들

우리는

너를 바라보는 것만으로도

기쁨이고 행복이네.

우리 아들로 와 주어

참 고마워.

늘

사랑하는 우리 아들네 부부

맞이하는 시간들 속에

웃음이 되고

건강하고 축복되고

행복하시게.

우리는

만세! 만만세다.

21.

나의 인생 잔고는 무엇일까?

"나"

(아들은 말하네.)

22.

알콩이 달콩이를 향한 나의 노래

- 이런 너야 -

내 가슴에

내 마음의

달콤함이여

내 가슴에

내 마음에

웃음의 느낌으로

기쁨의 느낌으로

사랑의 느낌으로

내 가슴에

내 마음에

웃음이 되어준 너

기쁨이 되어준 너

사랑이 되어준 너

너는 나의 행복이여

웃음의 느낌표로

기쁨의 느낌표로

사랑의 느낌표로

내 가슴에

내 마음에

달콤함이여

너는 나의 행복이다

너는 나의 행복이다 행복이다

너는 나의 행복이다.

23.

생일상을 받았다.

알콩이가

밥상가득 사랑 사랑 사랑 사랑

담고 담아 차렸다.

생일상을 받았다.

달콩이가

밥상가득 행복 행복 행복 행복

담고 담아 차렸다.

오십이 년

나의 생일상엔

사랑 소곤 행복 소곤

가득가득 차려졌다.

생일상을 받았다.

알콩이와

달콩이와

기쁨 가득 웃음 가득

가득 가득 차려졌다.

24.

태양이 강렬하게 내리쬐는 한여름날 평창으로 간다. 달콩이가 운전을 하고 알콩이는 지난밤 근무로 뒷좌석에 앉아 단잠을 이루고 있다. 조수석에서 차창 밖을 바라보는 나는 평온하고도 행복하다. 현재의 우리의 가정에 감사와 축복을 가슴 가득 품는다.

알펜시아 근처를 돌아 용평리조트에 알콩이와 숙소를 잡고 달콩이는 봅슬레이 경기 심판을 위해 일행들과 숙소를 잡았단다. 알콩이와 곤도라도 타며, 리조트 주변을 구경하며, 산책하며 즐겁게 보냈다. 치맥도 하고 저녁에 해바라기, 정훈희 콘서트를 보며 신나게 놀았다.

아이들로 인하여 지극한 효도를 받는 나, 콩콩이들에게 무한한 감사와 사랑을 보낸다. 콩콩아 걱정 말고, 건강하게 즐거이 보내자.

이대로 쭉.

25.

생일

나는 알콩이 달콩이 덕분에 어미가 되었다.

춥고도 추운, 한겨울.

덥고도 더운, 한여름.

우리에게 왔다.

고마워.

케이크에 나이의 햇수만큼 촛불을 밝히고,

생일 축하 노래를 부른다. 늘 가슴 벅차다.

알콩이 달콩이가 서른 즈음 되니, 야들은 손잡은 친구들이 있다.

이제는 어미의 손길보다... 어미를 다독이는 세월이 흘렀다.

건강하고 밝고 예의바르고 의젓하게 자라준 우리의 아가들아 감사

해 사랑해.

앞으로도 항상 축하해.

26.

어느 날

엄니: 너는 너, 나는 나!

달콩: 우리!

엄니: 너도 이제 성인이야. 독립을 해야 해.

달콩: 아니요. 함께 사는 것입니다, 어머니.

27.

그래. 괜찮아. 잘했어. 잘하고 있어, 나의 아가들아!

28.

그래

좋은 생각 좋은 마음

편안함으로

즐거움으로

기쁨으로

건강으로

마음 착함으로

고요로

순간 순간을 채우자 야들아

오늘도 행복하자. 고마워. 감사해.

29.

어제로 중복을 지나며 내 어릴 적 어미가 머리를 스친다.

이렇게 가만히 앉아 있어도 머리에서 발끝까지 땀이 줄줄 흐르건만, 그 시절 나의 어머니는 머리에 수건을 두르시고 호미 자루를 드시고 콩밭을 풀을 메셨다. 이 골짝 저 골짝 밭을 손수 일구시고, 콩을 심으신 부모님은 푸릇푸릇 이쁘게 자라나는 콩을 바라보시면서 풀을 뽑으셨다. 그 풀매기가 끝나시면 어머니는 딸네 집을 가셨다. 부산에 살고 있는 언니네를 며칠 다녀오시는 게 유일한 휴가셨다. 가을이 되어 콩이 여물고 그 콩을 수확하여 두부도 만들고 메주도 쑤어 방마다 살강을 만들어 짚을 엮어 주욱 매달아 놓았다. 그리하여 돈을 사셨다. 우리 형제는 메주콩을 빼어 먹곤 했다.

지금 내 나이 오십 일곱 — 내 부모님이 가슴 사무치게 그립다. 철없음을 용서하소서.

자녀들아 사랑한다

내 어미 아비가 맘으로 사랑했던

그 사랑을

여기 그 마음이었을

그 사랑을

그 무한함을 너희에게로

30.

이해하기 쉬운 책 읽자.

마음을 고요히 하고

말은 그래, 아주 천천히 하자.

듣기를 많이 하고

경청을 하자,

칭찬을 많이 하고

긍정적인 내용 보고 듣자.

건강하고 즐겁게 생활하자.

몸은 기증하고, 귀한 시간 내어 밤을 함께하는 분들께는 작은 사례

와 감사함을 전해다오.

나의 자녀들아 내가 내가 많이 사랑하고 너희가 건강한 삶 살길 늘
기도한다.

너희가 화목하고 우애 있게 모든 것 하리라 믿는다.

나는 너희들을 만나 행복했고,

모든 게 나의 삶이었기에 나의 시간들에 사랑한다.

알게 모르게 인생길에 함께해 주신 모든 분 감사드리며 행복하세요.

31.

아빠 회갑을 맞이하여

서울 - 광주 - 화순 ○○리 성묘 - ○○리 시골집 - ○○ 호반 -

○○초교 - ○○중 - ○○○고 - ○○대 - 구 전남도청 - 숙소(담양 ○○

에서) - 담양 떡갈비(담양○○) - 치킨 맥주 - 1박 - 죽녹원 - 창

평국밥 - 죽전 휴게소 - 서울

(음력) 20××년 8월 27~28일

태풍 비바람에도 하늘은 우리를 도와주셨습니다.

우리 온 가족은 평온하고 즐거운 시간을 보냈습니다.

아빠와 함께.

32.

기쁘던 일

6살쯤 결혼한 큰 언니집에 갔던 일. 그때 밤에 방 안 가득 달빛이 들어왔는데, 평온하고 은은함은 지금 이 순간도 느껴진다.

언니 부산 이사 가서 엄마랑 언니 가족이랑 해운대 해수욕장 놀러간 일.

초등학교 입학한 일.

연필로 침 발라 가며 글씨 연습 연필에서 들어오는 향기. 응 좋다.

운동회 때 달리기 잘해서 스무 권이 넘는 공책 받았을 때. 그 공책 세어 보기는 아마도 한 달이 넘도록 세고 또 세고. 손위 오빠도 달리기를 잘해서 제트기라 불리기도 했다. 그래서 오빠 방에 있던 공책은 나의 눈엔 수북이 쌓여 있었다. 한때, 학교 대표로 육상 선수도, 시군 대표도. 부모님은 늘 우리들의 어깨너머로 바라보고 계셨다. 눈물이 난다. 부모님 사랑 고맙습니다. 사무치도록 감사합니다.

초등학교 졸업할 때. 아버지 어머니 그러셨죠. "우리 이제 함께 졸업하는구나". 그 말씀이 이제야 이제야 조금 아주 조금 이해가 되려 합니다. 그립습니다. 이 밤 더욱더. 부모님은 저희들에게 좋은 영양의 식단을 차려 주셨습니다. 저희가 잘못했습니다. 중학교에 가도 부모님은 품어 주셨고, 고등학교에 가도 품어 주셨습니다.

취업을 해서 돈을 벌어 노오란 봉투에 명세서가 적힌 봉투를 받았을 때. 그땐, 어머니, 내 사랑 나의 어머니는 하늘의 달빛이 되셨네요. 보고 싶어요.

누군가에게 인정을 받을 때. 여군이 되었을 때. 국가 대표 사격 선수가 되었을 때. 금메달, 은메달, 동메달 감사합니다.

결혼을 하고 딸을 처음 보는 날 행복했고, 딸의 재롱에, 건강함에 기뻤다. 아들을 맞이할 때. 그 아들이 장난꾸러기였을 때. 알콩이 달콩이가 우리의 아가들이라 기뻤다.

남편이 안아줄 때 기뻤고, 가족들이 여러 모습으로 웃게 해 주어 기뻤다. 가족이 잘 먹으면 기뻤고, 가족이 웃으면 기뻤고, 가족을 바라볼 수 있어 기뻤다.

알콩이 달콩이 대학교 갔을 때. 알콩이가 취업했을 때. 알콩이 학사 과정 마쳤을 때. 직장 생활 5년 지나고 마음이 자란 모습 보았을 때. 달콩이 대학 생활 자원봉사하며 잘할 때. 대학 졸업할 때. 달콩이 사우디 생활 잘하고, 내 원하는 대로 대학원 가라 하니 잘 다녀주고 있었을 때.

삶의 과정 속에 알콩이 달콩이 힘든 상황 많겠지만, 나름 잘하고 있으니 이 또한 감사하고 기쁘지 아니한가. 너희로 인해 행복하네. 기쁘네.

3장

마음 편에 사는

이들에게

1.

아버지

저만치 논두렁 길

지게 지신 그 모습

온종일

온 들판을 누비시며

올 가을엔

흰쌀밥 가득가득

자식에게 먹여야지.

아버지

지게 위에

하이얀 쌀이 소복하네.

(한평생

아버지 마음이

이제서야 내 마음에 들어왔네.)

2.

아리랑 내 어머니

아리아리 아라리요

씨 뿌리고 싹이 나면

울 어머니 김을 맨다.

아리아리 아라리요

고개 들어 숨 쉴 틈 없이

허리 펴고 쉴 틈 없이

아리아리 아라리요

이랑이랑 다 휘젓고

이마에 흐르는 땀방울도

아리아리 아라리요

정을 담고 사랑 담고

내려주신 그 뜻을

아리아리 아라리요

이 한평생을 엮어도

책으로도 다 못 엮는다.

아리아리 아라리요

어머니의 모습들이

고개고개 아리랑 고개로

아리아리 아라리요

그리움이 되어 오셨구나.

내 어머니의 아리랑

3.

어머니

고운 모습

비녀 머리

종종걸음 내 어머니

새벽별

벗 삼아

호미자루 벗 삼아

기나긴 콩밭을

온종일

땀으로 덮으시고

내 자식 배고플까

이마에

주름진 줄 모르시고

무명적삼

꿰맬 사이 없도록

내 어머니

한평생이

자식 속에 담겨졌네

이제야 어미 앞에

고개 숙여 앉아 보니

눈물만 강이 되어 흘러 흘러 가는구나.

4.

아빠(愛夫歌)

어찌어찌 눈 감았소

자식 사랑 어찌하고

어찌어찌 귀 막았소

자식 노래 어찌하고

어찌어찌 입 닫았소

자식 뽀뽀 어찌하고

학교 담장 넘어 넘어

자식 얼굴 보고 자고

이리 봐도 저리 봐도

내 사랑이 자식 사랑

보고 보고 또 보고

듣고 듣고 또 듣고

만져 보고 또 만지고

쓰다듬고 보다듬고

십리를 갔소이까

만리를 갔소이까

그리웁고 그리움에

어디어디 가셨나요

우리 가족 온 마음이

우리 아빠 마음 가득

우리 아빠 함께한 날

우리 모두 행복했소

우리 모두

다함께

사랑합니다, 우리 아빠

Epilogue

사느라고 바빠 몰랐고

자녀 성장하여 결혼하며 젖 떼느라

다시 또 심한 젖몸살을 온 몸과 마음으로 앓았다.

이제부터 꽃길 속에 즐거이 행복하거라.

젊은이들아…….

두렵지만

나는 아무런 준비도 없이

그래도 훨훨 발길을 옮겨 보련다.

그 어느 곳

그 어디쯤

그 무언가가 또 있을 테지.

이름 모를 꽃길이 새로이 만들어질 것이다.

홀씨 되어 날아가 꽃이 되리라.